Klettern

Mein Sport

(<u>Eigentlich</u> Unschuldig; Schuldig)

© 2018

Herstellung und Verlag:

BoD - Books on Demand,
Norderstedt

ISBN 9783746077659

Vorwort

Dieses Buch ist kurz nach meinem Kletterunfall am 8.6.2017 entstanden. Die ersten Seiten jedenfalls. Ich möchte heute nichts mehr ändern, korrigieren oder ähnliches, da dies meine wahren Gefühle und Emotionen in den ersten Tagen nach dem, für mich, schlimmsten Erlebnis meines Lebens waren. Und ich weiß, wenn ich mir alles nochmal durchlese, werde ich etwas ändern!!

Die Namen fast aller Personen und teilweise auch Orte, wurden von mir geändert. Die Geschichte entspricht aber der Wahrheit.

–

Die ersten Tage stand ich unter
Beruhigungstabletten, da ich mich nicht
mehr lebensfähig fühlte. Für die
folgenden zwei oder sogar drei Wochen
sagte ich alle Termine ab.

Nein, meine Wohnung verlasse ich jetzt
nicht mehr. Nie mehr, war der Gedanke.
Da ich aber auch leichte körperliche
Verletzungen hatte, musste ich raus. >Nur
zum Arzt, Verband wechseln und dann
direkt wieder nach Hause!!<

Zu meiner Person, ich heiße Miriam Krug, die meisten nennen mich Mimi. Ich bin am 12.12.1974 in Siegen geboren, wo ich auch heute noch lebe.

Meine Mutter ist eine Christliche Palästinenserin und mein Vater war Deutscher, Berufschullehrer.

Ich bin seit 1994 verheiratet und seit 2001 Mutter einer tollen Tochter.

1993 bekam ich die Diagnose Multiple Sklerose.

Meine Hobbys sind Lachen, Klettern und Fallschirmspringen! Und natürlich schreiben.

Meine bisher veröffentlichten Titel:

„Die Tür"   03/14

7,90€

ISBN 9783848232710

„Pleiten, Pech **Mit Spaß**"   2016

12,80€

ISBN 9783743139794

Es war Donnerstag, der letzte Tag des Tope Rope Kurses!!! Heute sollten alle Teilnehmer, zwei Ehepaare, nach erbrachter Prüfung ihre Kletterscheine erhalten.

Die Tage vorher hatten uns schon gezeigt, dass alle vier das Zeug dazu haben und auch mit Sicherheit den Schein bekommen würden. Es war eine angenehme, auch lustige Gruppe! Die beiden Damen sitzen aus unterschiedlichen Krankheitsbildern im Rollstuhl. Beide können sich aber selbstständig aufstellen und stehen. Und natürlich auch klettern! Nach dem offiziellen Teil, der zur Prüfung dazu gehört, wollte ich auch mal klettern, denn die ganze Zeit hatte ich nur kontrolliert oder war versuchsweise geklettert, damit alle mal die verschiedenen Sicherungsgeräte ausprobieren konnten. Eine Route war mir besonders ins Auge gestochen. Schwierigkeitsgrad 4! Also machbar für mich. Ich ließ mich auch direkt von einer aus dem Kurs sichern; sie kann es ja jetzt und darf es vor allem auch!

Am Anfang fiel es mir etwas schwer in die Route rein zu kommen, doch weiter oben hatte ich keine Probleme mehr in der Route. Nach meinem Kommando „ZU" machte die Sicherin unten den Sicherungsautomaten auf „ZU"; daraufhin gab ich das nächste Kommando „AB", und die Kletterpartnerin antwortete mit „AB", woraufhin sie mich kontrolliert an dem Seil abließ, bis ich wieder auf dem Boden stand. Dann schaute Steffen, der

Kursleiter, mich an, was so viel hieß wie, er möchte die Route auch gehen. Ich band mich diesmal als Sicherin ein, also mit Sicherungsgurt und dem daran befestigten Sicherungsgerät ans Seil. Er band sich als Kletterer mit dem bekannten sicheren Knoten an seinen Sicherungsgurt ein! Wir kontrollierten uns gegenseitig, ob alles richtig und sicher war.

Nun begann er zielsicher und mit geübten Schritten die Route zu besteigen. Ziemlich schnell kam er oben an. Ich erinnere mich nicht mehr genau, ob er ganz oben war, ich merkte nur plötzlich, dass es mich aus meinem Rollstuhl gehoben hatte. Warum auch immer. Da ich aber auch noch laufen kann, dachte ich mir, es wäre wohl besser aufzustehen und näher an die Wand zu gehen. Ich schaute zu ihm nach oben, es sah aus, in meiner getrübten Erinnerung, als säße er im Schneidersitz in der Luft, Arme und Beine überkreuzt oder verschränkt. Da ich - wodurch auch immer – an der Wand etwas in der Luft hing, sagte ich ihm, ich müsse etwas Seil ablassen, damit ich wieder auf den Boden käme.

Was dann genau geschah, nahm ich nicht mehr wahr! Irgendwie muss ich mich gedreht haben und mit Wucht mit meinem Kopf gegen die Wand geschlagen sein. Mit der Bremshand versuchte ich noch immer das Seil zu stoppen, was mir dann die Hand bis an meinen Knorpel weggebrannt hat. Wo bzw. in welcher Stellung sich das Sicherungsgerät in dem Moment befand, weiß ich nicht mehr. Auch ob ich durch den Schlag an die Wand kurz das Bewusstsein verloren habe, weiß ich nicht mehr. Warum habe ich Verbrennungen von dem Seil an meinem Rücken?? Ich weiß es nicht mehr!!!

Ich weiß nur eins:

ICH BIN SCHULD!!! SCHULD AN DEM SCHRECKLICHEN !!!!UNFALL!!!!!

Es gibt jetzt in meinem Kopf so viel „hätte, wäre, wenn!!!!"

Doch nichts davon hilft mir in irgendeiner Weise!!

Und es gibt nichts, was mir jetzt hilft meine Schuld zu schmälern. Ich weiß nicht wie, nicht was, geschweige denn wer mir jetzt helfen könnte!!!

*I*ch bin in ein Loch geklettert, nicht mal abgerutscht, sondern mit vollem Bewusstsein, um mich vor der Außenwelt abzuschirmen. Scham und Schuld und ich weiß nicht, was noch alles, haben mir geholfen den Weg nach unten zu finden.

Die Scham hat mir das Licht gespendet und die Schuld hat mir den Weg nach unten gezeigt. Die Angst ist nur ein stiller, aber ständiger Begleiter, wovor, weiß ich irgendwie noch nicht!

Ich merke aber jetzt schon, dass ich mich hier irgendwie anfange wohl zu fühlen. Die Geräusche um mich herum stören mich nicht mehr. Auch der Ärger mit meinem Mann bis kurz vor dem Unfall stört mich nicht mehr, es interessiert mich sogar gar nicht mehr. OK, ich stehe etwas unter

Beruhigungstabletten, aber auch das ist mir egal!!

Nur meine Katze hält die Stellung vor meinen Füßen und beobachtet meine Taten!! Sie spürt sofort, wenn was nicht stimmt mit mir! Für sie ist bestimmt auch noch ein Plätzchen da unten frei!!! Ich fange langsam an es mir hier „unten" gemütlich zu machen. Dafür braucht es nicht viel. Denn die Farben hier passen zu meiner Stimmung! Von hellem Lehm, über rötlichem, mit schwarz abgesetztem und tief braunem, nassem und glitschigem Lehm. Alles an Erdfarben bis schwarz vorhanden. So wie ich es für mein Empfinden gerade brauche. Ich forme mir aus dem rotschwarzen Lehm einen Hocker; besser gesagt einen runden Sitz!

So habe ich wenigstens was, wo ich mich einfach mal zur Ruhe setzen kann. Was mir aber kaum gelang. Ruhe halten, Ruhe zeigen, ha, wie witzig, das konnte doch echt keiner von mir erwarten, nicht jetzt!! Ich fühlte mich, als hätte ich einen Menschen vorsätzlich getötet! Ich muss mich doch jetzt vor den Menschen verstecken vor den Menschen, die mit dem Zeigefinger auf mich zeigen und mit lauter anklagender Stimme **rufen**:

„Das war klar, dass DU nicht sichern kannst, DU hast Multiple Sklerose und sitzt beim Sichern im Rollstuhl!! Pah, haben wir doch gewusst, dass das nicht gut geht!!! Jetzt hast du das Schuldgefühl, was DIR zusteht!!!! Und das kann und wird Dir, Mimi, auch keiner mehr nehmen!!! Sieh zu, wie Du damit klar

kommst, aber zieh bloß keinen von uns mit hinein!!!

Wenn mir doch auch nur einer die Hand runter reichen würde anstatt mit dem strafenden Zeigefinger auf mich zu zeigen!!

Es kann aber auch sein, dass ich von meinen eigenen Schuldgefühlen blind gemacht werde und die helfenden Hände gar nicht richtig deuten kann!

Das sind die Hände, die ich sehe, wenn ich nach oben schaue: Keine Hand, die mir wirklich ernsthaft ihre Hilfe anbietet!!!

Wortlos sacke ich auf meinem Lehmhocker zusammen und merke, wie mir die Tränen der Schuld und der Machtlosigkeit die Wangen runter laufen.

Leise tropfen sie auf den weichen Lehmboden. Meine Nasenspitze ist der Vorsprung für den Wasserfall aus Tränen, der die Tropfen, die sich mittlerweile zu einem kleinen Rinnsal gebildet haben, nach unten in das Tränenlehmmeer fließen lässt. Der Tränensee wird immer größer. Immer größer und größer. Ich habe keinen Trost mehr in mir, der die Tränen stoppen könnte! Tief in meiner Schuld zusammengesunken, merke ich nach einer langen Zeit, dass mir das Wasser bis zum Halse steht! Ich muss den Kopf heben, sonst wird mir das Wasser bzw. die Tränen die Luft, die mir zum Atmen bleibt, nehmen. Was mir in dem Moment aber auch völlig egal war.

Ich muss mich der Tatsache stellen!!!!! Sonst werde ich das Gefühl der Schuld nie mehr los.

Ich nahm mir fest vor mich der Schuld zu stellen. Durch das Tränenmeer konnte ich zwar nur wie durch einen Schleier, aber trotzdem genau genug alles sehen! Überall war ein leichter Schimmer, es sah auch zwischendurch mal aus, als wären da Glitzer.

Ich steh auf, richte mein türkisfarbenes T-Shirt und wische mir die Lehmreste von meiner Hose. Zielsicher gehe ich auf die Wand zu, die ich hochsteigen muss. Und auch will. Mit festem Schuhwerk fällt es mir nicht schwer hoch zu klettern. Komisch, ich dachte, ich wäre in einem tieferen Loch gelandet. Oben angekommen sehe ich nur noch die vielen Fußspuren um das Loch, um meine Höhle herum. Keiner war mehr da. Alle schienen mich schon vergessen zu haben. Neben manchen Fußspuren sah ich kleine Pfützen, die bestimmt auch voll Tränen waren. Ich schaue mich um und muss feststellen, dass die Spuren alle in eine Richtung führen. Ich hebe fragend meinen Blick, als würde ich da eine Antwort finden. Was natürlich nicht der Fall ist. Ich entschließe mich dazu, den Fußspuren zu folgen.

Sie führten mich zu einem alten Holzhaus, wo ich nirgends einen Namen, geschweige denn eine Klingel und Hausnummer finden konnte. Plötzlich hörte ich wirres Gerede und Anschuldigungen, die Zuspruch und Klatschen ernteten. Ich schlich mich näher an ein hell erleuchtetes, gekipptes Fenster. Ich fing langsam an aus dem Stimmengewirr einzelne Stimme raus zu

kristallisieren. Erschrocken darüber,
WEN ich dann alles erkannte, schlug ich
mir schnell die Hand vor den Mund um
keinen Laut von mir entweichen zu lassen.
Ich merkte, wie mir erneut heiße Tränen
die Wangen runter liefen. Wie
angewachsen stand ich vor dem gekippten
Fenster, leise weinend, leise atmend und
die Arme dicht an meinem Körper
runterhängend. Ich fühlte mich
unsichtbar und gar nicht mehr
existierend.

„Was willst Du denn hier, Mimi?"

Puh! Nassgeschwitzt, herzrasend und
schnell atmend sprang ich auf. Oh ha, was
für ein Traum. Ich schaute mich um,
merkte nasse Spuren auf meinen Wangen
und war irgendwie total orientierungslos.
Neben mir hörte ich leises Schnarchen,

von der Decke her kam frische Luft auf meinen nassgeschwitzten, zitternden Körper. Ich stand auf und stellte mich neben mein Bett. Mein Mann schaute mich, nachdem auch er wach geworden war, mit traurigem Blick an und fragte leise:" Alles Okay? Du hast nur schlecht geträumt. Ich habe dich zwischendurch reden und weinen gehört." Ich sacke auf mein Bett nieder, merke, dass es zwar ein Alptraum war, aber leider nicht alles davon. Mein Herz ist unendlich schwer! Voll beladen mit Schuld und schlechtem Gewissen, Scham und Scheu! Sofort laufen mir die Tränen in Strömen das Gesicht herunter. Ich fühle mich so, als wäre auf meiner Stirn „Schuldig" tätowiert, sodass jeder, der mich sieht, sofort erkennt, dass ich schuldig bin. Ich habe keine Ahnung, wie ich aus dieser Situation jemals wieder rauskommen soll.

Schnell wird mir klar, dass ich professionelle Hilfe in Anspruch nehmen muss!! Nach dem Unfall hatte ich mir gedacht, wenn ich Steffen im Krankenhaus besuche, wird wieder alles gut. Doch es sind mittlerweile zwar, wie auch immer, erst 2 Tage vergangen, aber ich habe keinen Mut mehr ins Krankenhaus zu gehen. Überhaupt irgendwohin zu gehen, ist für mich unvorstellbar, da ja auf meiner Stirn „*Schuldig*" steht. Kein Problem, denn:

„MY HOME, MY CASTLE!!"

Da ich selbst aber auch leichte Verletzungen hatte, musste ich leider immer wieder mal zum Verbandwechsel zu meinem Hausarzt. Ich erzählte ihm von meiner psychischen Verfassung und daraufhin schrieb er mir gute Beruhigungstabletten auf. Und ich habe schnell gemerkt, dass ich ohne Tabletten nicht mit der Situation umgehen konnte.

Zum Glück merkte ich, dass es doch einige Freunde gibt, die hinter mir stehen. Ich bin dankbar über jedes liebe Wort, in Schrift und Sprache, das mich erreicht. Auch habe ich an der richtigen Stelle um Hilfe gebeten, die mich gestern telefonisch schon erreicht hatte. Ich kann gar nicht sagen, wie gut mir das getan hat. Noch diese Woche wird die liebe Dame - ich nenne sie mal liebevoll Marie - mich besuchen kommen und gemeinsam mit mir Steffen im Krankenhaus besuchen.

Was mir auch sehr schlimm war, dass der Unfall überall, örtliche Anzeigen, Lokalsender, Lokalzeitung, Internet, veröffentlicht wurde. Dadurch fühlte ich mich immer wieder „angeklagt"! Selbst die Arzthelferin beim Arzt war ganz erstaunt und sagte. "Ach du warst das!!?? Hab es in der Zeitung gelesen." Meine Schwiegermutter hatte es in den Lokalnachrichten im Fernsehen gesehen und direkt an mich gedacht. Und auch dazu nur: „Ja, _ich_ war es."

Eine gute Freundin, die gerade den Tope Rope Kurs gemacht hatte, also den Unfall live miterlebt hatte, hat mich sehr schnell danach besucht. Sie erzählte mir einige Dinge von dem Unfall, an die ich mich selbst gar nicht mehr erinnerte.

Schreckliches Gefühl. Meine Gedanken, oder auch mein Kopfkino, was ich seitdem habe, sind schrecklich!

*E*s war im Winter 2015, als ich zu einem Kletterevent in die ortsansässige Kletterhalle eingeladen wurde.

Da ich seit 25 Jahren an Multipler Sklerose erkrankt bin, dachte ich mir, es könnte besser sein meinen Rollstuhl, den ich nur sehr selten nutze, mitzunehmen. Ein guter Bekannter von mir, Alex, selbst auch an MS erkrankt, war auch eingeladen. Wir verabredeten uns vor Beginn der Veranstaltung in der Kletterhalle.

„Wow, sowas habe ich noch nie gesehen! Lauter bunte Griffe in verschiedenen Größen und Optiken an bestimmt zwanzig Meter hohen, weißen Wänden!" Alex und ich hatten nicht wirklich geplant zu klettern, da wir ja auch MS haben, können wir sowas doch auch gar nicht!! Aber irgendwie waren wir schon neugierig es mal zu versuchen.

Wir saßen in unseren Rollstühlen vor einer Wand mit bunten Griffen und schauten sie an, als plötzlich eine sehr liebe, freundliche Stimme von der Seite mich fragte: „Und? Wie sieht es aus? Möchtest du mal klettern?"

Verdutzt schaute ich die Dame neben mir an und sagte: „Ich habe MS!! Ich kann doch nicht klettern!!!!" Prompt antwortete sie mir: „Warum nicht???" Hat sie mich nicht richtig verstanden oder wie!? Erneut sagte ich: „Ich habe MS!!!!" Ihre Antwort war kurz und entschlossen: „Na und, das ist doch kein Grund!" Sie schaute mich mit einem entzückenden, aber auch auffordernden Blick an, der auch kein Widerwort zuließ. Ihre nächste Frage war: „Wie viele **Beikletterer** ich denn haben möchte?" „Wieviele *WAS*???" Ich schaute sie ziemlich verdutzt an und sagte: „Na, so viele wie möglich halt!!!" „Okay, dann also zwei!" Sie brachte mir einen Sicherungsgurt, den ich anziehen sollte. Dann kamen auch schon zwei Kletterer der Halle auf mich zu. Sie stellten sich mir vor und zum Sicheren waren auch direkt welche da. Noch etwas unsicher stellte ich mich an die Wand. Anette, die liebe Frau, hat mich dann an das Seil eingebunden und mir gesagt, sie würde links neben mir klettern und wenn was ist oder wenn ich Hilfe brauche, einfach fragen. Auch der junge, nette Mann auf der rechten Seite bot mir seine Hilfe an.

Todesmutig stellte ich meinen Fuß auf einen farbigen Tritt. Mit beiden Händen umschloss ich jeweils einen für mich gut zu fassenden Griff. Hui, ich drückte mich mit dem Bein auf dem Tritt hoch um den anderen Fuß auch auf einen Tritt zu stellen. Wow, das geht ja tatsächlich! Lächelnd schaute ich Anette an, die mir bestätigend zunickte. So ging ich Stück für Stück die Wand höher. Zwischendurch bot mir Mario, der nette Mann an meiner rechten Seite, sein angewinkeltes Bein als zusätzlichen Tritt an. Das gleiche machte auch Anette an mancher Stelle. Innerlich vergaß ich alles um mich herum. Ich war total in meinem Element vertieft. Plötzlich merkte ich, dass ich oben an der Decke angekommen war. Anette und Mario reichten mir ihre Hand und gratulierten mir! Erfreut streckte ich meinen Arm in die Luft und genoss meinen persönlichen Erfolg. Die Leute in der Halle jubelten mir zu und ich fühlte mich so, als ob ich den *Mount Everest* bestiegen hätte! Anette kam näher an mich ran, legte ihren Arm um mich und wir wurden gleichzeitig vorsichtig abgelassen. Am Boden angelangt fielen wir uns in die Arme. Sie lobte mich und sagte: „Siehst du, klar kannst du klettern!" Voller Stolz und überglücklich schaute ich mich in der klatschenden Zuschauermenge um. Hey, war ich stolz und glücklich! Aber auch erschöpft, deswegen hatte ich wohlweislich auch den Rollstuhl dabei, in dem ich auch direkt wieder Platz genommen hatte. Ich schaute mich nach Alex um, ob er mich denn auch gesehen hatte. Ich entdeckte ihn an einer anderen Wand eingebunden. Auch er hatte zwei Beikletterer dabei. Ich zückte mein Handy und machte Fotos von Alex an der Wand. Ich empfand auch Stolz und

Freude für ihn! Dann wurde ich erneut von Anette gefragt, ob ich nochmal klettern möchte. „Ja sicher, gerne", war meine Antwort darauf. Wir gingen an eine freie Wand und wieder stieg ich mit Hilfe zweier Beikletterer in die Höhe. *Eigentlich* brauche ich ja keinen, Kraft habe ich ja genug, aber mein Kopf wollte es einfach so. Reiner psychischer Beistand, glaube ich. Egal, es hat mir riesigen Spaß gemacht. Das Lachen bekam ich nicht mehr aus meinem Gesicht. In dem zur Halle gehörigen Café gab es Kuchen und Nussecken. Ich liebe Nussecken! Mittlerweiler war auch Alex in der Cafeteria angekommen. Zusammen bestellten wir uns eine Kleinigkeit. Ich wollte den Teller, wo die Nussecke drauf war, hochnehmen um sie zu essen. Hui, der Teller in meinen Händen fing an zu tänzeln, die Nussecke drohte runterzufallen, so sehr war ich vor Kraftlosigkeit und Anstrengung am Zittern. Schnell stellte ich den Teller wieder auf den Tisch. An Kaffeetrinken war gar nicht zu denken. Nach kurzem Verschnaufen aß ich sie dann doch.

Erfreut ging ich zurück in die Kletterhalle und ging noch bestimmt drei Routen hoch. Zu guter Letzt ging ich alleine hoch. Da ich von meinem Klettern so begeistert war, fragte ich Anette, wann ich denn wieder mal klettern kommen könne?? Sie schlug mir den nächsten Sonntag vor, da wäre sie auch wieder in der Halle und könnte mich dann sichern.

Erfreut und stolz über meine Leistung fuhr ich nach Hause. Total euphorisch und glücklich berichtete ich Michael, meinem Mann, von meinen Klettererlebnissen.

Als ich zur Ruhe gekommen war und anfangen wollte zu essen, verspürte ich einen Muskelkater an meinem ganzen Körper! Meine Unterarme, meine Hände, einfach alles, was ich auch brauchte um essen zu können, schmerzte!

„Oh ha, ich glaube, du musst mich füttern!", sagte ich schmunzelnd zu Michael. In meinen Gedanken war nur noch „Hey, ich kann klettern!!! Trotz MS." Das war ein schönes Gefühl. Endlich einen Sport gefunden zu haben, der mir total Spaß macht und mich erfüllt. Ich hatte schon gedacht, nur beim Fallschirmspringen, Tandem natürlich, hab ich das Gefühl von Freiheit und „Gesundheit" und überhaupt. Das

Selbstwertgefühl und der Glaube an sich selbst werden total gestärkt. Muskelgruppen werden aktiviert, von denen ich nicht gedacht hätte dort überhaupt Muskeln zu haben. Ich bin total angefixt von dieser Sportart.

So ging ich natürlich den nächsten Sonntag wieder in die Kletterhalle. Anette erwartete mich schon, denn sie hatte meine Begeisterung beim Klettern gemerkt. So fing ich dann auch an zu klettern. Leichte Routen, immer nur **eine** Farbe und gekennzeichnet mit einer 3. Das sind die sogenannten Anfänger-Routen.

Es geht dann im Schweregrad weiter mit 4-, 4, 4+. Und so weiter. Dann gibt es noch Vorstieg. Da ist dann die Wand nicht mehr gerade, sondern mit Überhang. Das ist auch teilweise bei schwereren Routen, die Griffe sind kleiner, weiter auseinander oder halt einfach „unhandlich".

Aber soweit bin ich einfach noch nicht! Ich bin glücklich überhaupt klettern zu können. Die Atmosphäre in der Kletterhalle gefällt mir sehr gut. Dort habe ich nicht das Gefühl, dass man nach Leistung bewertet wird, sondern ganz normal, es zählt nur der Spaß am Klettern wie für alle da. Alle wollen nur eins, und das ist Klettern! Egal ob eine 3 oder eine 7+ im Vorstieg.

Wenn ich mit dem Rollstuhl in die Halle komme, werde ich immer freundlich begrüßt und fühle mich aufgenommen in die Kletterwelt!

Nach meinem Klettern kam Anette auf mich zu und begleitete mich zum Auto.

Auch ihr Mann, Kletterhallenboss Waldi, kam auf mich zu. Sie tauschten einen erfreuten Blick aus und fragten mich: „Sag mal, Mimi, könntest du dir vorstellen, eine Handicape Klettergruppe zu leiten?" Ich fühlte mich total geehrt und antwortete:" Ich? Ja, äh hm ja ehhm, klar. Sicher, gerne." „Du musst auch nicht so viel machen, nur dass jemand die Gruppe leitet. Und da haben wir direkt an dich gedacht. Es ist besser, wenn jemand die Gruppe leitet, der weiß, wie es ist mit Handicap zu klettern." Ja, das stimmt, dachte ich mir. Wir vereinbarten einen gemeinsamen Termin zur richtigen Aufnahme in die Gruppe.

Ab jetzt bin ich Mitglied in einem großen deutschen Verein für verschiedene alpine Aktivitäten. Und auch noch Gruppenleiterin! Ziemlich stolz darauf bin ich schon. In der nächsten Zeitschrift des Vereins stelle ich mich vor. Darin erzähle ich, dass ich seit 1993 an MS erkrankt bin und halt noch so einiges zu meiner Person. Wir haben gemeinsam Termine für das Handicap - Klettern festgelegt, die in der Zeitschrift auch veröffentlich werden. Nach und nach lerne ich weitere Mitglieder kennen, auch ein Treffen der Gruppenleiter des Vereins hat mich irgendwie mit Stolz erfüllt. Alle stellten sich kurz vor, ich natürlich auch. Und dann fühlte ich mich richtig dazugehörig. Endlich habe ich für mich das Passende gefunden, das, wonach ich immer gesucht habe. Nein, besser so gesagt: Ich habe nicht danach gesucht, aber es gefunden. Sehr glücklich bin ich über diese Aufgabe. Mit ganzer Leidenschaft bin ich Kletterin und auch Gruppenleiterin.

Mein Leben hat sich dadurch total verändert. Es stand plötzlich nicht mehr das, was ich nicht mehr kann, im Vordergrund, sondern das, was ich kann. Und das tut so verdammt gut. Ich merkte auch, dass ich trotz meiner Erkrankung Aufgaben erfüllen und leisten kann.

Eine eigene, vereinsgebundene Homepage wurde mir eingerichtet. Auf der Seite stelle ich mich auch kurz vor, da stehen die Termine für das Handicap -Klettern und auch ein paar Fotos gibt es zu sehen. Auch eine eigene Email - Adresse bekam ich. Klar, denn ich habe mittlerweile auch einige Interessierte, die ich zu den

Handicap-Klettertagen einlade. Oder auch um mit anderen Handicap - Klettergruppen und verschiedenen Vereinen Kontakt aufzunehmen.

Eine Arbeit, in der ich total aufgehe. Das Beste ist, ich fühle mich wieder gebraucht, nützlich, obwohl ich ja aufgrund meiner MS schon berentet bin. Klar werde ich auch so gebraucht, aber es ist halt was anderes.

Mittlerweile habe ich mir auch einen eigenen Klettergurt und spezielle Kletterschuhe gekauft, da ich ja jetzt versuche mindestens einmal in der Woche klettern zu gehen.

Am Anfang war ich sonntags klettern, wenn auch Anette da war. Da auch viele andere dort waren, lernte ich mehrere Kletterer kennen, die mir anboten mich zu sichern. Mir hat es gefallen, dass ich von allen in der Kletterhalle akzeptiert wurde, denn ich komme ja schließlich immer mit Rollstuhl in die Halle. Es verunsichert natürlich auch manche, denn sie sehen ja, dass ich einen Gurt trage, was heißt, ich klettere auch. Wenn ich dann an eine Wand fahre, wo ich klettern möchte, aus dem Rollstuhl aufstehe und mich „einbinde", schauen viele ziemlich erstaunt zu. Nach dem „Partnercheck" gehe ich an die Wand und steige ganz zielsicher die Route nach oben.

Es hat sich nach einiger Zeit so ergeben, dass ich mich mit einer Familie dort zum Klettern treffe: Steffen, seine Frau

Nadine und ihr Sohn Justus und die beiden Töchter Melanie und Milena. Wir treffen uns freitags nachmittags und fangen meistens mit Kaffee und Kuchen in dem Café der Kletterhalle an. Da ich selbst noch nicht sichern kann, klettere meist ich erst mal eine Route und dann, wenn Steffen oder jemand aus der Halle, der sichert, da ist, geht Nadine. Wer mich immer total fasziniert, ist die kleine Milena. Sie ist erst drei und klettert auch! Total süß. Auch die Schwester, etwas größer, klettert. Mit Justus verstehe ich mich recht gut, er ist etwas jünger als meine Tochter, und wie soll es auch anders sein, klettert natürlich auch! Total aufgenommen fühle ich mich bei allen. Nachdem Nadine und ich eine Route geklettert sind, kommt auch meist Steffen von der Arbeit und wir treffen uns dann im Café. Nach dem guten Kaffee und dem Kuchen gehen wir aber dann echt zum Klettern. Häufig sichert mich auch Steffen und gibt mir einige Tipps, während ich klettere um meine Kräfte besser nutzen beziehungsweise einsparen zu können. Es macht mir so richtig Spaß, auch mal eine etwas schwierigere Route zu klettern, einfach um mal an meine Grenzen zu gehen oder die auch mal zu übersteigen, was mir dann meine Beine total zum Zittern bringt, eine totale Kraftlosigkeit. Aber hey, darum bin ich ja mit Rollstuhl in der Halle. Ich setzte mich dann direkt hin und ruhe mich aus, bis es wieder besser geht. Dann geht es weiter. Meistens gehe ich etwa zwei oder auch mal drei Routen hoch. An super guten Tagen auch mal vier.

Nie hätte ich gedacht, dass Klettern mal mein Sport wird, niemals!!!

An „meinem" Handicap - Klettertag gehe ich nur ein- oder zweimal die Wand hoch, das reicht mir, da ich ja eher für die Organisation zuständig bin.

-

Mir wurde immer deutlicher, dass es mir richtig gut geht. Klar ist die MS nicht weg, aber ich fühle mich viel sicherer beim Laufen und mein Stehen, auch mal ohne Rollator, den ich im Alltag immer nutze. Alles ist viel ruhiger und sicherer geworden, was nicht nur mir selber aufgefallen ist. Hin und wieder werde ich auch mal darauf angesprochen. Meine Muskulatur hat sich sehr gut entwickelt und ich habe auf einmal Muskeln an Stellen, wo ich nie vermutet hätte, dass man dort Muskeln hat. Als ich das erste Mal geklettert war, hatte ich Muskelkater wie noch nie in meinen Leben zuvor. Zwei Wochen am Stück!

Endlich habe ich eine passende Sportart für mich, mit Multipler Sklerose, gefunden.

Wenn ich an der Wand bin, bin ich gesund. Da habe ich keine Zeit für MS, natürlich auch keine Lust. Sie würde mich nur an meinen Bewegungen und an meiner Koordination hindern. Denn beim Klettern muss ich voll konzentriert sein. „Wo trete

ich hin und wo greif ich am besten hin!"
Die normale Bewegungsfolge an der Wand.
Alles muss mitmachen, das wichtigste
dabei ist der Kopf; die Beine und die Arme
natürlich auch, besonders wichtig ist der
Rumpf, der Rücken. Alles muss mitmachen.

Umso interessanter ist es, Menschen mit
einem Handicap an der Kletterwand zu
sehen.

Ich nehme jetzt mal mich als Beispiel:

Seit 25 Jahren habe ich Multiple
Sklerose. Bei Diagnosestellung war ich 18
Jahre jung. In dieser ganzen Zeit hat die
MS natürlich auch ihre Spuren an mir
hinterlassen. Mein Gleichgewicht ist
gestört, meine Koordination ist gestört,
Fachbegriff Ataxie, die meinen
kompletten Körper beherrscht. Einen
Tremor (Zittern) habe ich mittlerweile

auch in beiden Händen, vermehrt links.
Eine Kraftlosigkeit nach Anstrengung. Und
noch so kleine Weh-Wehchen, die ich gar
nicht aufzählen möchte! Auf jeden Fall ist
es mir gut möglich selbstständig klettern
zu gehen bzw. zu fahren.

Zu Hause ziehe ich mir immer schon die
Kletterhose und ein bequemes T-Shirt an,
am liebsten ein türkisfarbenes, das ist
nämlich meine Lieblingsfarbe, damit ich
dafür keine Zeit und auch keine Kraft in
der Halle verschwende. Dann packe ich
mir meine Tasche, mit Klettergurt und
Kletterschuhen, meistens auch noch was
zu trinken. Meinen Kletterausweis habe
ich immer in meiner Klettertasche dabei.
Die Kletterhalle ist gar nicht weit von mir
entfernt, ca.15 min. Vor der Halle ist ein
ausgeschilderter Behindertenparkplatz,
den ich anfahre und dort parke. Nun alles

wieder auspacken, in die Halle, und schwupp, bin ich gefühlt in einer anderen Welt. Zwar sitze ich im Rollstuhl, aber irgendwie fühle ich mich gesund. Freundlich werde ich begrüßt, ziehe mir meinen Klettergurt über die Hose und betrete die Kletterhalle. Auch hier sind einige, die ich mittlerweile ganz gut kenne, und nach einigen Umarmungen schaue ich mich um, wer da ist um mich zu sichern. Am liebsten natürlich Anette oder Nadine und Steffen. Nach kurzer Zeit habe ich auch schon die passende Route für mich gefunden, stelle mich im Rollstuhl davor und schaue, wer mich sichert. Nadine kommt freudestrahlend auf mich zu und fragt, ob sie mich denn sichern soll beziehungsweise darf. Glücklich darüber binde ich mich ins Seil ein, mache den „Partner-Check" und gehe dann zielorientiert die Route hoch. Erst setze ich ein Bein hoch, dann suche ich mir Griffe, an denen ich mich gut festhalten kann, um dann mein anderes Bein auch hochzustellen. Das geht dann die ganze Route so weiter, die Griffe oder die Tritte sind nicht immer leicht zu erreichen oder haltgebend für mich, doch mein Ehrgeiz und mein innerer Schweinehund treiben mich an. Manchmal verlässt mich auch die Kraft im rechten Bein, dann muss ich das auch noch anheben und auf einen Tritt platzieren. Aber egal, schaffe ich ja. Entspricht bestimmt nicht der offiziellen Art zu klettern, mir aber egal, ich möchte einfach nur hoch und die Route bezwingen. Erschöpft und oft auch schweißgebadet erreiche ich mein Ziel. Manchmal schlage ich dann mit der Faust an die Wand und rufe das Kommando „ZU".

Dann lasse ich erst mal meine Beine baumeln und schüttele meine Arme aus. Wenn ich wieder soweit bin, sage ich „AB", stelle meine Beine gegen die Wand und werde sicher abgelassen. Unten angekommen, fallen wir uns meistens in die Arme und geben uns die Hand zur Gratulation. Ein sehr schöner Moment. Nassgeschwitzt, überglücklich und stolz sitze ich dann im Rollstuhl. Krank?????? Ich??????

Wenn man mal ganz genau die Bewegungsabläufe beim Klettern betrachtet, stellt man fest, dass es eine ganz gewohnte, bekannte Bewegung ist. Genau, das Krabbeln! Nicht waagerecht, sondern senkrecht, eine Bewegung, die unser Körper von Kindheit an schon kennt. Nichts Neues Außergewöhnliches also.

Darum auch das Handicap-Klettern. Es ist keine neue Bewegung, die gelernt werden muss, sondern sie ist nur gestört, durch Krankheiten wie MS oder Schlaganfall oder durch Unfälle oder Sonstiges. Wenn ich sehe, wie unbekümmert kleine Kinder klettern, sie machen sich einfach keine Gedanken, sie kennen auch keine Gefahr. Sie machen es einfach. Das ist immer wieder schön anzusehen und dabei festzustellen, dass man sich oft selbst im Weg steht und sich damit ausbremst!

Wenn eine Krankheit einen ausbremst, ich kann da nur von mir reden, nicht aufgeben, es kann trotzdem gehen. Vielleicht nur anders. Niemals aufhören etwas zu probieren, es versuchen.

Nach dem Handicap- Klettern verlassen alle die Halle mit einem Lächeln im

Gesicht. Das ist ein Geschenk, was mit Geld nicht zu bezahlen ist. Eine Freude etwas geschafft zu haben, woran man selber nicht mehr geglaubt hat. So erging es mir nach meinem ersten Klettererlebnis jedenfalls.

-

Nach einiger Zeit machte ich mir immer wieder Gedanken darüber, ob ich nicht selber auch das Sichern lernen sollte. Denn es war irgendwie schon blöd, wenn Nadine mich sichert und wir dann warten müssen, bis ihr Mann von der Arbeit kommt. Steffen hat es mir hin und wieder mal gezeigt, auch ausprobiert habe ich es mit ihm. Dann habe ich seine Tochter gesichert und er stand neben mir. Klar, es klappt, aber ich wollte auch den Schein haben, um ganz offiziell sichern zu dürfen. Im Internet wurden solche Kurse, die in dieser Kletterhalle stattfinden, immer angeboten.

Ich suchte mir den passenden Termin aus und meldete mich verbindlich an.

Der Kurs bestand aus drei Tagen, jeweils 3 Stunden. Kennenlernen der verschiedenen Sicherungsgeräte, Sturztraining, Knoten lernen, bis er sitzt. So sicher, wie wenn nachts einer an dein Bett kommt und sagt, knote mir die Acht, dann kannst du das! So habe ich mir das immer gesagt! Auch einen speziellen Spruch während des Knotens habe ich mir gemerkt. So mit einem Püppchen und Schal und dann.... fertig.

Die Prüfung habe ich sowohl sitzend, im Rollstuhl, wie auch stehend gemacht. Voller Stolz nahm ich den Sicherungsschein entgegen. Nun fühlte ich mich noch mehr in die Kletterwelt integriert. Endlich konnten Nadine und ich klettern, so oft und so viel wir wollten, auch die Kinder konnte ich jetzt beruhigt sichern. Für meine Gruppe fand ich es wichtig, dass ich so einen Schein habe und sichern darf.

Mindestens einmal die Woche ging ich jetzt engagiert klettern. Verbunden mit Kaffee und Kuchen natürlich.

Meine Handicap- Klettergruppe wurde auch immer größer. Nach einiger Zeit waren zwei Frauen dabei, die mehr klettern wollten. Nicht nur einmal im Monat. Nach kurzer Überlegung sagten wir ihnen, sie könnten einfach mit uns klettern kommen. Das war machbar, weil beide selbstständig und eigenhändig aufstehen und klettern können. Nun sind wir eine richtige Handicap-Sport-Klettergruppe geworden. Wir gehen wöchentlich zusammen klettern und natürlich noch an dem Handicap-Klettertag. Da lag es natürlich auf der Hand, dass sie auch den Sicherungsschein machen. Zusammen mit ihren Männern machten sie dann den Sicherungsschein, was natürlich super für meine Handicap-Klettergruppe ist. Nun sind wir auf jeden Fall drei Rollifahrerinnen, die sichern.

Mega! Passt gut, wenn an dem besonderen Tag auch Rollstuhlfahrer zeigen, dass sie sichern können.

-

Es war eine lustige, nette Gruppe. Die Damen, Gitte und Lisa, mit ihren Männern, Dirk und Rainer. Steffen fragte mich, ob ich auch dabei bin, um etwas mitzuhelfen. „Klar doch", sagte ich spontan. Bei den Terminen war es immer recht entspannt zugegangen, die Männer hatten eigentlich nicht unbedingt das Interesse am Klettern, sie wollten in erster Linie Sichern können, für ihre Frauen und um an dem Handicap - Klettertag mitzuhelfen. Daher war es auch manchmal recht witzig, wenn zum Beispiel Dirk nach drei oder vier Metern schon „ZU" gerufen hatte. Er ist kein Freund der Höhe! Aber alle haben sich tapfer geschlagen und alle Anforderungen mit Bravour gemeistert!

Nun wollte ich auch mal klettern und wollte von Gitte gesichert werden. Kein Problem, sie kann es ja. Als ich wieder unten war, wollte Steffen uns allen auch noch an dieser Route zeigen, wie die Route einfacher, mit weniger Kraft, zu klettern geht. Warum auch immer habe ich ihn dann gesichert.

Was dann geschah, habe ich am Anfang des Buches genau erzählt.

Jetzt, einige Monate später, kann ich von dem Erlebten mit mehr Distanz und Verarbeitung berichten.

Marie, die liebe Frau, die mich nach dem Unfall zusammen mit Helmut besucht hatte, hat mir so viel geholfen mit ihren lieben Worten. Natürlich hat sie den Unfall nicht verharmlost, sondern mir klar gemacht, dass das Erlebte nun zu meiner Lebensgeschichte dazu gehört. Es wird nie mehr weg gehen oder ins absolute Vergessen geraten. Es wird mit der Zeit immer mehr verblassen, aber auch genauso schnell wieder hochkommen können. Sehr ehrlich und offen von ihr fand ich. So gute Sprüche, die einem in solchen Situationen gesagt werden, „Die Zeit heilt alle Wunden!", stimmen gar nicht, die Zeit lässt es verblassen, weiter nach hinten rücken, aber nicht heilen. Das merke ich immer wieder mal. Heute, nach fast einem Jahr, steht der Unfall für mich nicht mehr an erster Stelle, er ist schon etwas weiter nach hinten gerückt. Aber wenn ich darüber rede oder berichte, kann es immer noch sein, dass ich anfange zu weinen. Aber das darf ich auch ruhig machen, solange ich da immer wieder rauskomme und weiter mache. Mittlerweile klettere ich auch wieder, sichere aber noch nicht, ich nenne es gerne „Sicherungspause!" und diejenigen, die mich schon länger kennen, wissen, wie ich das meine. Aber klettern habe ich nach einiger Zeit wieder geschafft. Darüber bin ich sehr froh und einige aus der Halle freuen sich auch, wenn sie mich wieder an der Wand sehen.

-

Es ist über ein Jahr vergangen und ich kann bestätigen, Zeit heilt keine Wunden, aber sie lässt sie tatsächlich verblassen.

Durch viel Zuspruch und Hilfestellung klettere ich wieder begeistert und sichere sogar auch. Aber ich habe gelernt, dass ich mir die Personen aussuchen kann, die mich sichern, und sogar auch die Personen, die ich selber sichere. Mit ein einer kleinen Gruppe von den Handicaps treffe ich mich einmal die Woche zum Klettern. Das tut mir sehr gut, denn es macht mich einfach glücklich, in der Halle zu sein. Auch Steffen und Familie treffe ich oft und wir freuen uns immer, wenn wir uns sehen. Wir klettern und sichern gemeinsam an dem Handicap - Klettertag. Was noch irgendwie witzig war, Steffen brachte mal zu einem Treffen die „Top Robe" Scheine mit! Da hat schon fast keiner mehr dran gedacht. Aber sicher, denn alle Teilnehmer hatten die Prüfung ja geschafft.

Mittlerweile sind wir eine echt tolle Gemeinschaft geworden in der Handicap-Klettergruppe. Nach dem offiziellen Klettertag sitzen wir im Anschluss noch oft zusammen, grillen bei gutem Wetter oder essen Kuchen.

Lange vor der Unfallbeteiligung hatte ich mich für einen Schnuppersprung, Fallschirm, angemeldet. Wegen meiner Traumatisierung verschob sich aber alles bis in den September.

In der ganzen Zeit hab ich viel gelernt, *über* mich, *für* mich. Durch den Besuch einer Trauma-Ambulanz vor Ort und durch Gespräche mit Familie, Freunden und auch Kletterer. Das alles hat mir geholfen durch die für mich traumatisierte Zeit zu kommen.

Nun stand der Termin für den Schnuppersprung an. Das heißt, Theorie für Fallschirmspringer, zwei volle Tage, am dritten Tag dann der Sprung. Eigener Fallschirm, für Schüler. Sehr aufregend und spannend.

Mit den Sprunglehrern stieg ich in den Flieger. Dort dann die letzten Anweisungen für den Sprung. In 4000 Metern Höhe verlasse ich gemeinsam mit den Trainern den Flieger. Voll konzentriert liege ich im freien Fall in der Luft. Ein unbeschreibliches Gefühl von Freiheit! Dann geht der Fallschirm auf! Ich bin alleine und auf mich gestellt! Jetzt heißt es den Schirm zu lenken und auch zu landen. Aber erst mal genieße ich noch die Zeit im Schirm. Plane dabei aber auch meine Landung. Bevor ich in den Flieger stieg, habe ich noch jemandem Bescheid gesagt, dass ich MS habe und, falls ich irgendwie weiter weg lande, sie mich doch bitte mit dem Caddy holen sollen. Das war auch sehr gut, denn ich bin zwar auf der Landewiese gelandet, aber ich war irgendwie nicht in der Lage aufzustehen. Nein, ich habe mich nicht verletzt bei der Landung, aber irgendwie war ich nicht zu großen Bewegungen fähig. Wie ein Käfer auf dem Rücken fühlte ich mich. Nur glücklicher!! Überwältigt von dem Ereignis!

Der Traum vom Fliegen ist für mich Wirklichkeit geworden.

Danksagung

Bedanken möchte ich mich besonders bei meinem Ehemann, der zu mir steht, besonders wenn schwere Zeiten für mich sind. Der mir meinen Freiraum lässt um meine Verrücktheiten auszuleben. Der mich nicht auslacht, wenn mir mal was nicht gelingt. Der aber auch mit mir lacht, wenn mir was Witziges passiert.

Bei meiner Wunderbaren Tochter, die mir zuhört wenn ich was zu erzählen hab. Die mit mir zusammen auch einfach mal rumalbert und lacht.

Bedanken möchte ich mich bei meiner Freundin Barbara, die immer für mich da ist, egal was ich habe!

Bei Brigitte und ihrem Mann, die auch immer da sind für mich und mir auch das Vertrauen gegeben haben, wieder klettern und sichern zu können. Herzlichen Dank dafür!

Besonderen Dank und Respekt an den Verein, der sofort nach dem Unglück für mich da war und Hilfestellung gegeben hat. Großen Dank dafür!!

Herzlichen Dank an meine nette Korrekturleserin!!

Da sind so viele, bei denen ich mich bedanken möchte, aber alle aufzuzählen würde den Rahmen sprengen!

Bedanken möchte ich mich natürlich auch bei meinen Leserinnen und Lesern, danke für das Interesse an meinem Buch!